현대시세계 시인선 142

길 위의 초상화

박기영 시집

길 위의 초상화

박기영
시집

도서출판 북인

시인의 말

나는 세상 모든 것을 길 위에서 배웠다.
그곳에서 만난 사람들은
모두 스승이자, 도반이었고, 만행자였다.

2022년 2월

차례

3부 늑대는 엉덩이에 산다

4부 건천 가는 길

5부 돌의 구루

1부

하늘다리

청량시편 1

— 적음에게

여기서
그대가 있는 곳까지
다리 놓기에는 너무 멀다.

금탑봉에서 장군봉 정도 된다면
아무 걱정 없겠지만
그보다 한 발 더 허공에 나아가야
닿을 수 있는 곳이기에
우두커니, 발 아래 낭떠러지를 본다.

바위 층층이 쌓아놓은
이따위 청량산 정도야 법복 벗고 허연 달빛 아래
밤새도록 응진전 나한들 불러내
깎아지른 절벽 위에서 씨름하던 그대 취기로
이 세상 모든 근심
몽땅 깨기춤사위로 넘겨버리겠지만

노랗게 내 눈썹에 쌓이는
송홧가루 토해내는 이 봄 푸름만큼은
그대도 견디지 못하고

또 한바탕 진저리치며 산속 헤맬 것임을
익히 나는 알고 있다.

그 옛날 여기
그대와 내가 외청량사 벼랑에 새긴 시간들
속삭이는 소리 듣기 위해
누런 바위 이끼 속 스멀거리며 노을 피어올라
유리보전 현판 기웃거리고,
오산당 지붕 위 낯선 까마귀 내려앉아
수상한 울음 공중에 터트린다.

나룻배 타고 명호천 건너
이 산사로 숨어들던 시절, 밤이면 김생굴에서 만났던
황금투구 쓴 도깨비들 보여주던
돌 틈새 신비한 광기의 정원이 그곳에도 있던가?

어쩌다 들른 청량산
하늘 위로 낯선 다리 지나가고
나보다 한 발 앞서 절벽 걸어나간 그대에게
아카시아 진한 향기로

이렇게 허공에 긴 편지를 쓴다.

올해도 공민산성 너머
그대와 함께 파묻었던 산더덕 줄기 돋아나
이승 사람들
모두 땅속으로 불러들일 냄새 토하고.
사리탑 풍악에 걸린 염불 소리는
이곳 소식 하늘에 닿기 위해 알리는
푸념 섞인 속세 이야기라
새로 돋은 붉은 영산홍 꽃잎에 깊이 새겨놓는다.

＊적음 : 1947~2002년. 승려. 본명 최영해 서라벌예대 출신 『저물녘의 석판화』 등 출간. 한때 외청량사 토굴에 살았다.

청량시편 2
— 적음에게

그곳에서도
아직 땅을 헤매고 다니는
내 사는 모습 궁금하시던가?
어쩌다 들른 청량산
봉우리 모두 안개에 갇혔다.

폭포 옆 느티나무도
가을에 취했는지 얼굴이 붉고
자소봉 바위는 벌써 내가 낯설어졌는지
바람 불 때마다
안개 뒤로 부끄럽게 모습 감춘다.

오산당 산꾼도 떠나가고
사십 년 넘게 유리보전 지키던 스님도
머리에 내리는 세월
숨길 수 없어, 밤이면 혼자 달빛 풀어내는지
창문에 불이 꺼지지 않는다.

노승의 꿈마저 저리 기울어졌는데
그곳에서 이곳 남은 사람

소식 궁금하지 않을 수 있는가?
새벽에 혼자
두들마을에 나가 서성이다
구절초 우는 소리 이슬에 묻어난 걸 보고
또 목 메어 북곡 여울
시끄러울 물소리로 그림자를 씻었다.

청량정사 고목도
수백 년 쌓인 전설 이기지 못해 쓰러지고
바람 걷어내는 안개 보며
그대가 이곳을 얼마나 그리워하는지
나는 비로소 읽었나니.

그곳에서 외롭게 깊은 가을 걷고 있다
너무 아쉬워하지 말게.
어차피 나도 혼자 이 산 헤매기에는
너무 많은 이야기 무거워
그대가 안개 걷어내고
푸른 하늘 뒤편으로 흰 구름 보내면
헤매는 발자국 소리

모두 고운정 처마에 노을로 걸어두고

하늘에
낮달 같은 커다란 술잔 띄워놓고
그대와 얼큰하게 취하고 싶어
청량산 육육봉에 걸어두었던 모든 사랑
거두어버릴 생각이네.

청량시편 3
— 적음에게

유리보전 기둥 끝에
빗방울 닿았을 때 알았네.
그대가 머물렀던
응진전 뒤편 바위에 그대 소식 있음을.

사람을 태워 죽였다는
치원대 아름드리 나무 등거리에서
그대가 땅 위로 보름날처럼
둥글게 만출시키던 무당의 엉덩이가
붉은 단풍잎의 폐경처럼 익고

술 취해 다람쥐처럼 달려갔던
금탑봉 수십 길 깎아지른 절벽 산길이
젊은 시절 우리가
하늘 향해 일필휘지로 휘둘렀던
일언절구 벼락 같은 시 구절이었음을.
이제야 비로소 알게 되었나니

소나무에 맺힌 물방울이 전해주는
그대의 걱정스러운 목소리

들여다보며
나도 그대에게 안부 보내나니.
융축봉 산 그늘 날개 펼친 까마귀 부리에
그대 닮은 붉은 혓바닥 드러나면
나도 그대 그리워
오산당 밤 하늘에 등대 같은 일곱 개 별
띄워 알릴 것이니.

어둠에 묻히는 사리탑
서글퍼져도
어쩌겠나 이승과 저승을 잇는
내 음성도 온 산 뒤덮은 찬바람에 지쳐
하늘 다리 밖으로 걷지 못하겠네.

신동재 1

— 권미강에게

지금도 나는
그 고개 오를 때마다
함부로
머리 들고 걷지 못한다.
대구에서 왜관 가는 신동재
봄이면 공중에
하얀 아카시아 눈물처럼 매달려
숱한 이야기 흔들고.

이제는 숨겨진 사람들
밤마다 달빛 퍼지는 향기 밟고
지천 밤 숲까지 퍼져
기차 소리로 실려 어디론가
나갔다.

전쟁과
소문의 울타리 따라
밤이면 발길이 끊어지던 고개
수상한 여우 소리
고개 날망 서성거릴 때

양계장 울타리 닭들 홰치고
칠곡 피부과 빨간약에
사람들 피눈물 붉게 일어나던 고개

인근 미군부대 울타리
쌓아놓은 구호물자에 매달려
여기저기 끌려다니면서,
평생 달아나버린 손마디 찾아
산 밑에 웅크린 채
봄이면 가시 달린 아카시아 나뭇가지에
하얀 눈물 걸어놓던 사람들
공중에 달아놓았던 숨어 울던 이야기
나는 결코 잊지 못한다.
한반도 남쪽에서 벌어졌던
숨겨진 전쟁 울음소리를.

*권미강 : 1967년생. 시인. 칠곡군에 근무했다. 신동 아카시아축제 때 시화전을 지원했다. 『소리다방』 등 시집이 있다.

신동재 2
— 권미강에게

매년 봄이면
숱한 봉꾼들이 모여들었다.
수만 마리 벌들은
어디선가
어둠 속에 실려와서
해 뜨기 전 산기슭에 부려졌다.

그 옛날 피란민들
어둠 속에서 넘어온 고개
이유도 모르게
사람들 사이 수상한 병 돌고
흉흉한 소문 퍼지며
산 아래 골짜기 천막들이 들어서고

붕대로 전신 휘감은 마을은
얼굴 없는 사람들
몸부림에 난장터 되었다.
천형이라 불리던 병
일제시대 관동군 다녀가면
한 마을 전체

이상하게 물들였던 병

전쟁이 터지자 그 혹독한 병이
삽시간에 전선과
후방을 휩쓸고, 휴전이 되면서
그 절뚝거리면 걷는
사람들 한 곳에 모으기 위해
바다 건너에서
곰팡이 피지 않는 옥수수와
흰 종자 쏟아내는 닭들
벌통처럼 배에 실려 철로 옆 신동재
수상한 절망과 분노의 봉장으로 만들었다.

신동재 3
— 권미강에게

아무도
그 고개 아래에서 벌어졌던 일
말하지 않는다.

흙벽돌과 양철지붕으로
만들어졌던 집들
감각도 없는 험한 생을 아카시아 나무처럼
땅 위에 뿌리 내리기 위해
자신의 손마디
침묵 속에 묻었던 사람들.

누런 보리가
배고픈 들판 휩쓸면
모진 목숨 들고 분노와 절규의 걸음
금호강 백사장 건너
사람들 돌팔매질 지나 멸시와 욕설 사이를
절뚝거리며 돌아다녔다.

하늘에 뜬 비행기
누구도 처음에는 의심하지 않았다.

어느 날 자고 일어나면
눈썹이 빠지고,
손가락 감각이 사라진 뒤
자신의 몸에서 떨어져 나가던 육신.
햇빛 아래
살지도 못한다는 병
상처와 상처가 부딪쳐야 전염된다는 병
피란 행렬과 함께
한반도 남쪽을 휩쓸고 지나갔다.

이상하게도 전쟁이 끝나자
여기저기 흩어졌던 사람 모으기 위해
고개 아래 바다 건너온
옥수수와 밀가루가 십자가 밑에 쌓이고,
마침내는 그들이 모이자
수상한 병원들과 함께 생겨났던 병
아무도 그 내력 들여다보지 않았다.
저기 메릴랜드 연구소에서
한때 매달렸던 수상한 전쟁의 그늘을.

신동재 4
— 권미강에게

그해 용을 낚기 위해
능선이 누워 있는 산으로 나갔던
아이들은
끝내 집으로 돌아오지 않았다.

소문이 돌고
신동재로 요상한 이야기가
바람꽃처럼 일어났다.
흉흉함이 밤 숲에 검은 구름
일으키고,

벌통에서는 하룻밤
수만 마리 벌들 이유도 모르게
죽어나갔다.
다시 풍문의 여우가 무덤가에
재주를 넘고
사람들은 고개 옆으로
산 깎아 도로를 만들었다.

양계장에서는

파란 글씨로 새겨진 기호들이
암호처럼 쏟아져
밤마다 도시 슈퍼마켓으로 실려가
불임의 세월 토해내고

끝내 마을 골목
마스크 쓴 사내들 꼬리 감추고
돌아다녔다.
아이들 다니는 학교에는
다시 금이 그어졌다.
아카시아 가시보다 날카로운 눈빛
마을 사람들 뭉뚱한
손톱 밑에 눈물 새기고.

흰 마스크 쓴 사람들이
세상을 뒤덮기 전
그 고개 아래서 벌어졌던
수상한 전쟁의 정체
사람들은 말하지 않는다.

천당에 핀 가시장미

— K에게 1

여기도 꽃이 피지요.
가시로 자신을 찌르는 꽃.
천당에도 불만이 있는 거예요.
건드리면 안 되는 상처가 있는 거예요.

향기에 토라지다가도
문자가 건드리면 나도 모르게
피가 터져 나가는 것이지요.
성경에 기록되지 않은
창세기 이야기 같은 것이지요.

조물주가 빠뜨렸던
자신의 건망증 찾아내기 위하여
그 멍청한 분의 실수를
가리기 위해 벌였던
푸닥거리를 펼치는 거예요.

아파트 십이층에서 밤에
요염한 문장 가진 경전을 펼쳐놓고
은밀한 연애를 하는 거예요.

내가 만나는 그분이 수상하기는 해요.

크리스털 잔에 들어 있는
붉은 포도주 컴퓨터와 야반도주를 한 학자
책 뒤편에 앉아 웃는데
가끔 실성한 사람처럼 웃음 터져나와
혼이 나지요.

그럴 때 친정엄마가 전화를 하지요.
얘야 여기는 지옥이란다.
노란 밧줄로 된 두레박을 내려다오.
그러면 뛰어내려갈 준비를 해야 해요.

천당이라고 변태가 없겠어요.
나처럼 날개 달지 못한 천사도 생기는 거예요.
안경 끼고, 또 문자 속으로
채굴을 합니다. 이 광산에서는 장미만으로
아침을 만들 수 없어요.

저 멍청한 숱한 신들을

먹여 살리기 위해서는 가끔 저 같은
활자충들이 또라이같이
망나니 편집자들을 열광시켜야 하는 거예요.

깔깔거리며 천당에 피는
장미가시로 창조주들이 빼놓은 이야기
채워넣는 거예요. 이렇게
당신의 머릿속을 뒤집어놓는 거예요.

*K : 스스로 활자중독자로 불리길 원한다. 고급 독자이길 원하는 그녀의 페이스북 생활에서 이 시들이 나왔다.

활자지옥

— K에게 2

사막이지요.
검은 모래와 백색 햇살로
이루어진
활자들의 지옥. 전설에 따르면
우리 낙타족들이
이곳에 닿기 시작한 것은 색깔의 주술사들이
동굴 벽화를 그려넣고
벙어리가 된 뒤부터 시작되었지요.

은밀하게 귓속말로 주고받던
암호들이 유행병처럼
저잣거리로 퍼져 나가는데
사람들이 열광하기 시작하는 바람에
뭣도 모르고
흉내쟁이들이 몰려들었다고 합니다.

각 무파마다 나름의 당주가 있지요.
그 아래 추종자들이 모여
초식을 익히고, 수련이 끝나면
무술대회를 열지요.

문제는 한번 출전하고 나면
버릇이 된다는 거예요.
누구는 평생 그 짓만 하다 간다는 거예요.
중독성이 아주 강한 거예요.

그때서야 깨닫게 되지요.
자신이 한 마리 벌레가 된 것을
그때는 늦은 거예요.
헤맬수록 빠져들지요.
지옥인 것이지요.
활자의 검은 모래가 머릿속으로 무너지는
저 아래 밑바닥에 죽음이
커다랗게 입을 벌리고 있어도
방법이 없어요.
부두족처럼 광란의 질주를 하다
사라지는 것이지요.

내 무덤을 파보면 텅 빈 두개골에
새겨져 있을 거예요.
퀭하니 뚫린 안구 깊숙이

사막 한가운데 둥지 틀고 앉아 있던
망각이라는 거대한 곤충이
파먹은 흔적이 남지요.

그것이 두려워 발버둥을 치면
나처럼 걸식에 걸립니다.
아귀 같은 눈으로 끝 없이 활자를 핥아먹지요.
불치의 병. 후천성
동굴 탐구 증상이 만성질환으로
고착화된 거예요.

완치 방법은 사망이라고 알려져 있지요.
여기까지 읽으셨다면
당신도 그 병에 걸린 거예요. 활자의 사막
그곳에 이렇게 오아시스가
있는 것이지요.

밤의 사디즘
— K에게 3

밤에
그 새끼가 왔어요. 입을 여는데
휘발성 강한
냄새가 코를 찌르더군요.
어디서 벌써 꼭지가 비뚤어지도록
일을 치른 거예요.
벗겨보지 않아도 보이더군요.

누군가
긴 혓바닥 핥아버린 자국
뻔하지요.
냄새나는 이빨이 자근자근
씹어놓은 흔적
그래도 받아들였어요.

너무 갈증에 시달렸거든요. 소갈병
내 아랫도리는
책상다리에 질려 새로운 체위가
필요했던 거예요.
모르시죠. 새로운 활자로

미끈하게 인쇄된 편집선의 아름다움
손으로 그 위를 쓰다듬을 때
어깻죽지가 오므라지는
전율.

그러니 그놈
성감대를 다른 연놈에게 뺏길 수는
없는 것이지요.
새큼한 사과처럼 깨물어버렸지요.
목에 걸려 울대가
생겨서 허스키한 울음소리가 나도
상관하지 않아요

밤새도록 괴롭힐 거예요
사디즘도 이런 변태적인 습관이
붙는 것이지요.
개새끼! 벌써 표지를 번득거리며
거대한 성기 같은
목차 한 줄로 세워놓았네.

초록의자
— K에게 4

의자가 불평을 토하기 시작했지요.

담배를 피우는 매너가 문제였어요. 메마른 건물 옥상에 초록 페인트로 분장된 것도 서러운데, 밤이 되면 혼자 나와 냄새나는 엉덩이 걸치고 담배를 피우면서 재 떨 때는 꼭 마지막에 의자 살에다 뜨거운 불꽃을 지지는 것이 고통스러웠던 거예요.

고문도 그런 고문이 없었겠지요. 한낮 더위며, 눈 내리는 날 추위 정도야 애교로 생각하고 참고 있던 그였지만, 더러운 침 묻은 뜨거운 불로 제 살 지지는데, 누가 불만을 터뜨리지 않겠어요.

더욱이 그녀가 무례한 고문을 시작할 때쯤이면, 건너편 건물에서 누가 그들을 지켜보는 거예요. 창문 사이로 호기심이 토끼 귀처럼 돋아나서 그녀와 의자와 무슨 몹쓸 사랑이라도 나누는지 기웃거리는 거예요. 취미치고는 악취미를 가진 관음증을 드러내는 거예요.

그때마다 고문자는 또 얼마나 천연덕스럽게 연기를 하는지. 의자에 올라타고 앉아 하늘 별을 세거나 가슴속 숨어 있는 긴 강을 입으로 토해내며 다리 꼬고 앉아 치마 속에서 세상을 낙망과 절망 사이로 헤엄치게 만들지요. 그러고는 슬그머니 지독한 고문을 사람들 몰래 저지는 것이지요.

누구도 의자의 불만에 대하여 관심을 기울이지 않는 동안 달이 기울고, 옥상 위로 세상을 끌고가는 조리신발 소리 고여 출렁이다 마침내 자정이 힘들어 쓰러지는 비명 듣지 않았다.

2부

배시내 풍경

난중일기

— 신휘에게 1

일기는 이렇게 시작하고 있었다.

8월 9일.

나는 그들 수급 거두기 위하여 들판으로 나갔다. 날씨는 수천의 적들이 과수원을 둘러싸고 있는 듯 뜨거운 열기 풍겨, 한 발자국 내디딜 때마다 짜디짠 땀방울이 눈 찔러 제대로 앞을 볼 수 없었다. 손에 든 가위를 내뻗을 때마다 저들 수급은 비명도 없이 공중에서 떨어져 컨테이너 안으로 굴러떨어졌다. 오전 내 아무리 손을 뻗어도 그 행렬은 끝나지 않았다. 그들은 결사적으로 나의 몸에서 온 힘을 뽑아내겠다고, 한 줄로 늘어서 물밀듯 무너져 들어왔다. 내 생에 숱한 돌격전을 치렀지만 그날처럼 두려운 적은 없었다. 결국 오후 3시가 넘어 나는 적들에게 사로잡혀 목숨을 구걸하지 않을 수 없었다.

일기의 앞장을 뒤척이니 사건의 전모를 알 수 있었다.

8월 5일.

적들은 봄부터 차근차근 전투를 준비했다. 그리고 하지 넘어서면서부터 본격적인 탐색전을 노출하더니, 백중이 지나자 본색을 드러내고 검은 속내 거침없이 공중에 터뜨렸다. 아무리 그 냄새를 지우려고 하얀 봉지로 방책을 적들 주위를 둘러싸고, 비닐하우스로 하늘을 가렸지만 포도밭 가득 퍼져나가는 단내 가릴 수 없었다. 그 단내가 폐에 닿을 때마다 나는 수없이 다짐을 했다. 올 한 해만 더 농사짓고 과수원을 폐농하겠다고. 그럼에도 봄이 되면 나는 적들의 양식을 공급하기 위하여 경운기를 끌고 돌아다니고, 새순이 돋으면 참호 파듯이 순 자르기를 하였다. 그리고 수만 개의 시신을 담을 봉투를 염하듯 공중에 매달았다.

8월 10일 일기는 이렇게 끝을 맺고 있었다.

공판장 성문 위에는 어제 효수된 수급 가격이 형광등 빛에 너덜거리는 숫자를 잔뜩 늘어놓고 있었다. 그 옆에 내 이름도 하얀 소금 방울로 절여져 천지사방으로 흩어지기 위해 매달려 있었다. 전투를 마친 다른 장수들도 마찬가지였다. 내리쬐는 햇살에 등이 익고, 살가죽이 옷과 같이 붙어 걸을 때마다 질퍽이는 소리 냈지만 아무도 말을 하지 않았다. 난파된 살림살이는 벌써 농협 대출금 이자에 뜯겨 여기저기 곰팡이 슬었고, 적장의 흙들은 새롭게 돋아나는 전

의를 다독이기 위해 파랗게 독 오른 풀 이삭들을 밭고랑 가득 풀어놓고 있었다. 원래부터 질 수밖에 없는 싸움이었고, 이겨도 박피된 포도나무 줄기 끝에서 좀비처럼 살아나는 적들을 한꺼번에 담아낼 수는 없었다. 우리는 그 좀비들이 키우고 있는 먹이였고, 그들이 세상 밖으로 흩어지는 데 사용할 숙주들이었다.

가을이 문밖에 닿으면 우리는 모두 그들이 날개를 활짝 펴고 떠나버린 들판에 마침내 헛된 희망을 걷으며, 또다시 이길 수도 없는 싸움을 기다려야 할 외로운 패장들의 쓸쓸한 깃발 허공에 매달았다.

*신휘 : 1967년생. 시인 김천 배시내(경북 김천의 한 지명, 한때 장터가 섰던 감천 주위에 다리가 들어서 김천 구미 선산을 연결한다) 부근 씨앗농원을 운영한다. 『꽃이라는 말이 있다』 등 시집이 있다. 포도밭과 논농사를 짓는다.

그 여름의 민란

—신휘에게 2

그 폭군은 잔인했다. 사람 살가죽에서 땀과 소금을 쥐어짜다가 마침내 길가 풀 한 포기마저 가만두지 않았다. 미루나무들은 잎사귀 말라비틀어지다 못해 붉은 피를 토해냈다. 해가 지면 사람들은 모여 수군거리기 시작했고, 별들이 산다는 남쪽에서는 밤마다 촛불이 불타올라 봉화가 돋았다는 소문이 밤하늘을 흔들었다. 그 사이 뚫고 포도밭에서는 눈에 붉은 핏발 선 포도송이가 밭고랑을 더듬는 노인을 쓰러뜨리고, 머리를 짧게 깎은 병사는 이를 악물었다. 남쪽에서 시작된 싸움은 처서가 지나서는 산맥을 타고 북쪽으로 올라가면 추격전으로 변해갔다. 그 흔한 태풍도 그 싸움판에는 끼어들지 않으려고 동쪽 바다로 항로를 변경해버렸다. 마침내 사람들은 그의 하야를 요구했다. 그러나 얼굴이 붉게 타오르는 폭군은 들판을 갈라놓고, 교수대 끝에 새로운 소문의 목을 매달았다. 그 여름 우리들의 밤은 뜨거운 양철지붕처럼 달아올랐고, 강가에서 파랗게 질린 강물들이 부글거리며 뱃속에 가득 찬 가스를 터뜨려 물고기 아가미를 사정없이 짓밟았다. 아무래도 민란의 물풀들이 마른 강바닥에서 긴 혓바닥을 하늘 높이 토해놓고 말 것 같은 불안이 집집마다 대문 두드리면 돌아다니고 있었다. 공판장에는 날마다 숱한 이름이 교수대에 붉은 글씨로 떠오르다 갑자기 사라졌다.

논물을 말리다

— 신휘에게 3

무자리
가득 찼던 노을을 비운다.

수심결*처럼 어지러웠던 마음자리
겨우 뿌리 내린
당신 그림자 한없이 흔들리며 술렁거리고
저녁 기울어진 지붕 끝
힘들게 걸어왔던 낮달이 저문다.

논물을 말린다.
삽자루 어깨까지 올라온 두렁
힘들게 두드려
내 가슴에 막아놓았던 당신 생각
물길로 흘려보낸다.

물꼬 따라 사라지는 여린 마음이
도랑에서 우는 소리
어둠에 묻히면서 더욱 서러워지고
논둑보다 낮게 개구리밥처럼
자신을 낮춰 울음 울던 짐승의 목청

별 뜨는 하늘에 하나씩 걸린다.

무논에 줄어드는 물기 따라
야위어가는 들판 가득 가두어놓았던
내 마음은 오늘 밤 어디에서
전신에 새겼던 외로움 풀어놓을 것인가?

마른 밤바람에
이리저리 쓸리던 볏줄기 끝에
못 보던 벌레가 흘린 눈물자국 선명해지고.
발목까지 맨살 드러내고
혼자 새벽 진흙밭 헤매던 내 사랑은
동쪽 하늘에 터뜨릴 붉은 여명 숨소리 하나
겨우 공중에 걸어놓는다.

*수심결 : 愁心+결, 걱정에도 물결이 있다는 의미로 만들었다.

철필을 쓰다
— 신휘에게 4

글자가 구부러진다.
당신 같은 인간 말을 듣지 않겠다고
강철로 만든 모음이
모루 위에서 망치를 튕겨내고

나는 절망으로 얼룩진 땀방울
옷소매로 문지르면서
구걸하듯이 벤치로 자음 허벅지에 매달려
낫달 하나 간신히 오려 붙인다.

용접기 불꽃으로 달라붙지 못하는
작파된 벼농사, 포도 과수원 떠올리면서
이제는 그라인더로 갈아낸다.

붉은 녹물에 장마로 범람하던 들판과 물길
새로 살 드러낸 강철 피부에는
금속보다 차가운 자본주의 문장 울타리치고
퇴비로 돌아갈 볏단조차 갈취당한
들판 위로 노을이 내리면

어두운 하우스 지붕 위로 불 환한 기차가
초고속으로 비웃음 같은 창문 달고
공중에 강철보다 단단한 겨울 뿌려놓는다.

이 구부러진 생이 누워 있는
커다란 관 위로 유언처럼 달이 뜨는 세상
철필을 쓴다.
지워지지 않는 글씨를 새긴다.

원창들에서

— 신휘에게 5

논을 뒤집는다.
트랙터에 쟁기 달고
땅이 살아온 내력을 뒤집는다.

새로운 이야기
심기 위해서는 묵은 시간 뒤집고
물을 가득 채워
지난 세월 되짚어야 하는 법

아버지가 가두어놓았던
들판 노을은
어느새 뒤집는 쟁기날에
또 한번 아픈 신음소리 내고

상처처럼
커다란 바퀴자국 내며
내가 살아가는 슬픔
흙탕물 일으키며 들판을 헤집으면

아직도 못자리 잡지 못하고

가는 실뿌리 바둥거리며
헛바퀴 도는 가난은
꽁무니로 시커먼 속 토해내는
엔진 소리 따라 들판을 뛰어다니는데

논을 뒤집는다.
내 살아온 이력 뒤집어
원창들 가득 깔린
생의 노을 내릴 못자리를 만든다.

포도밭 편지

— 신휘에게 6

얼마나 할 말이 많았던 것이었을까요.
지렁이가 풀밭에서 울 때마다
갈라진 나무등 타고 하늘 올랐던 껍질에는
하얗게 백태 낀 허물 벗겨지고

공중 더듬던 손끝은 둥글게 말려
잎사귀마다 멍자국 새겨진 푸른 핏줄 돋아나
여름내 가지 끝에 맺히더니
이제는 흙터 같은 붉은 열매로 남아 있습니다.

가을 다 가기 전 가슴에 달아오른 말들
모두 거둬 땅 깊이 항아리로 묻고
한 삼 년 익혔다가 당신 식탁에 올리겠습니다.

그때도 올해 포도밭 지나가던 바람 생각 나시거든
내 가슴에 차올랐던 말 못한 사랑
달디단 향기로 피워올린 이야기 읽어주십시오.
지금 홀로 눈 내리는 과수원에 모든 것
떠나보내고 도깨비처럼 떠돌고 있는 내 마음을.

아버지의 불꽃

— 김성훈에게 1

여름이면
뚝방으로 물 넘실거리던 배시내
다리가 들어서면서
아버지는 연탄불 피워올렸다.

삼촌 사업 보증으로
사거리 주유소 남에게 넘긴 뒤
대낮에도 파란 불꽃 토하던 부뚜막
석쇠 불고기집으로 변하고
객지 떠도는 동안
배시내 집들 간판을 모두 바꿨다.

그 사이 연탄불에
녹슨 석쇠처럼 생활 구멍 뚫린
아버지 부엌은
묵은 기름과 연탄가스로 찌들어
하얀 재 수북이 쌓이고

어머니가 절여놓은
깻잎장아찌 같은 사연 뒤척이던 식탁

지난 세월 덜어낸 수저
아버지의 연탄불에 쓸려
반짝이던 살갗이 어두워졌다.

배시내 감천 물소리
세월에 늙어가는 만큼
붉게 녹슬어버린 부뚜막 석쇠판에
숯을 달구는 아버지의 불꽃
파란 한숨소리 높아진다.

* 김성훈 : 1973~2020년. 김천 배시내는 살았다. 도시에서 부모 식당을 돕기 위해 고향에 돌아와 농사를 지었다.

겨울 울다 지치고

— 김성훈에게 2

배시내 문경식당 사거리
깜박이는 신호등 아래 주인 잃은 자동차
굳게 입을 다물고 앉아 있다.

강바람에 노모는 먼저 하늘길 밟는
아들 발자국 소리 가슴을 치고
살얼음 건너가는 강물 우우우 벙어리처럼
터지지 못한 말들 갈대 흔드는 소리

살면서 수없이 울음 삼킨
사내가 밤하늘에 써놓은 단어들이
겨울밤을 기워내는 날
강바람 끝에 낯익은 목소리

자꾸만 배시내
주인 잃은 자동차 유리에 닿아
아이를 앞세운 늙은 부모의 울음소리
강으로 실어나른다.

모래 눈 녹고
— 김성훈에게 3

배시내
날은 흐려서, 누렇게 변한
갈대마저
강물 속으로 걸어가는데

강마을 떠나
서쪽 하늘에 닿은 사내 하나
구름 사이 얼굴 내민다.
땅 위에 남은 사람 안부가 궁금한지
빛살을 더듬는 사내 손길
원창들 지나 제석봉으로 향하고

그가 두고 떠난
겨울 텃밭에는 대나무숲 흔드는
새소리가 깊어졌다.
지난 겨울 모래에다 묻어두었던
사내 발자국
숨겨놓았던 눈발 사라지고

저물녘 서쪽 하늘 노을 속에서

늙은 어미를 위해
누군가 혼자 우는 소리
목을 축이러
강변 갈대밭에 숨었던 노루가
낯익은 숨소리에
짧은 귀 높게 하늘로 세우고
강가를 두리번거린다.

물목

— 이병우에게

그래 물도 살아
숨쉬는 목숨 자리 있어야 하겠지.
감천이
낙동강에 스며들기 위해
숨소리 숨기고 노루발 같은 물줄기로
강 들어올리는 물목
늙은 사내가
열무에 말은 국수 목젖으로 넘긴다.

주인은
미처 빈 자리 치우지 못하고
끓어오르는
국수물 숨죽이기 위해
양은솥에 찬물로
엉킨 국수 다발 다잡아 풀고

처마 밑 제비집에는
빈 들판에서 못물이 들어차는 소리
수없이 들에 심은
모들 자리잡는다 끙끙 앓는 소리

물목 국숫집에
간신히 숨 한번 삼키는 양념장 풀어
하루를 넘기는 세상
더 큰 물살에 쓸려가지 말라고
엉덩이 간신히
나무 의자에 걸친 늙은 사내

국숫발 같은 목숨
가느다란 젓가락에 걸어 하루해
목젖 깊이 넘긴다.

* 이병우 : 1958년생. 경북 구미에 산다. 은퇴하여 배시내로 농촌 사람을 만나러 자주 찾아온다.

둠벙을 헤매다
— 정호영에게

추수 끝난 원창들
늙은 사내 셋
통발 들고 둠벙 찾아헤맨다.

논마다 한 모퉁이
물길 따라 파놓았던 웅덩이
숨어든 미꾸리 잡아
겨울살이 떠나는 농사일 배웅 하겠다고.

오래간만에 추어두부 끓여
막걸리 사발에 고이는 세상살이
단숨에 들이켜고
물매상으로 거덜난 농사일
잊어버려고 둠벙에 삽질을 한다.

여름내 논바닥 헤엄치다
논물 빠지자 둠벙 숨어든 미꾸리들
가마솥 열기 피해
두부 속으로 스며들다 뼈까지 익어버리면

이놈들도 우리처럼 울화통 터져
온몸 굳어버릴 것인가.
추어두부 짤린 몸통 들여다보며
작폐할 수 없는 농사일
토막난 시골살이 간장에 찍어 삼키려고.

느릿느릿 숨 넘어가는
초겨울 해 다독이기 위해 사내 세 명
둠방 하나 없는 세상 추수리려
빈 원창들 어둠에 묻는 삽질을 한다.

*정호영 : 1958년생. 장애우시민운동가. 경북 김천에 산다. 씨앗농원의 오래된 후견인 중에 한 사람이다.

누운 세탁기
— 유건상에게

김천
포도밭에 이상한 사람
모아놓는
유 작가 작업실 앞에
세탁기가 하나 누워 있다.

분명 얼마 전까지도
분주한 집안에서 세상을 빨아
표백시킨 뒤에
물기마저 탈탈 털어 말렸을 놈이

감추어두었던
아랫도리 모두 드러낸 채
풀과 같이 세상을 베고 누워
포도 공중에 목 매고
익어가는 소리 혼자 듣고 있다.

분명 저놈이 수없이 삼켰던
지상의 때와
인간의 오욕이 어딘가 숨어 있을 것인데

포도밭 한쪽 입을 열고
잠든 듯 누워 있는 세탁기가
흘러낼 꿈 궁금한지.

용접기와 그라인더 감춘 주인은
속내 드러내지 않은 채
장마 끝날 때까지 풀밭에 눕혀놓고
그가 녹슬기 기다리고

나는 단선된 세상의 전선들
구름에다 방전시킨 이야기 듣는다고
자꾸만 하늘로 고개를 든다.

* 유건상 : 1958년생. 조각가. 경북 김천에서 포도농사를 지으며 작품 활동을 한다.

3부

늑대는 엉덩이에 산다

늑대는 엉덩이에 산다
— 이동순 지인에게

와촌에
늑대가 살았다지.
엉덩이에
이빨 자국 남기고 싶은 아이가
징과 꽹과리로
그를 홀려 숨겼다지.

엉덩이에 늑대를 숨긴 사내는 자라
멀리 떨어진
인디언 살던 곳에 가서
병아리 엉덩이 들여다보면서
어두운 밤
어릴 적 몰래 숨겨둔 이야기
과수나무에 매달아 하늘에 올렸다지.

붉은 여우 구슬 같은 사과
도깨비 불알같이 누런 금덩이 배
처녀 젖꼭지 같은 포도로
고향 땅에 살던 늑대 이야기
별처럼 새겨 아이에게 전해주었다지.

구슬 같은 양계장 계란으로
평생 이역 땅 언저리에 전설처럼
마을 하나 만들어
엉덩이에 새긴
고향 늑대를 퍼뜨리며 살았다지.

머나먼 바다 건너에는
엉덩이에 푸른 늑대가 사는 사람들
누워 있는 마을이 있다고 한다.

*이동순 지인 : 경북 경산에 살다 미국으로 이민 가서 병아리감별사를 하다 과수원을 만들었다 한다.

1977. 학다리

— K 선생에게

학의 다리 자르려고
그곳에 갔던 것은 아니었다.
처음으로 이층 그레이하운드 고속버스 타고
대구에서 전라도 갔던 때
백열등 신음하는 양동시장 여인숙에서
돈으로 여자 살 수 있다는 것
배우려고 그곳에 갔던 것은 아니었다.

함평 천지 넓은 들판
은하수처럼 환하게 감꽃 뿌려놓고
자진모리로 넘어가는
판소리가락 같은 벼 이삭들
바람 불 때마다 춤추듯 손짓하는 풍경 찾아
비포장도로 걸었던 것이 아니었다.

미루나무 늘어선 학교 앞 문방구
하교 종 울리기 기다리며
부라보 아이스크림 입안에서 녹는 동안
시인지 실렸던 짧은 시
혓바닥으로 오랫동안 천천히 녹이며

나는 우물 속에서 일평생 건져올릴 언어들
수없이 되새김질하고 있었다.

그날 저녁 녹두서점 부근에서 마셨던
막걸리 얼얼한 취기 탓이
아니었다. 학처럼 긴 다리 휘청거리며
구수한 전라도 사투리로 들려주던
독일 시인의 '빵과 포도주'와
죽은 김수영 이야기 들으려 그 먼 길
밤을 새워 갔던 것이 아니었다.

1977년. 경상도에서 전라도로
그를 찾아갔던 길.
우리는 날갯짓하기도 전에 이미
박물관 구석 버려진 박제된 학이었고
큰 사리 때 역류하는
함평천 물살에 허물어진 갯물 든 논이었다.

그해 여름 매미들 끝없이 울던
학다리 들판. 무엇인지 모를 두려움에 떨고 있던

휘청거리던 벼 이삭들
얼어붙은 겨울공화국 불안한 소문들
개구리처럼 울어대고
마침내 무등산 등허리 붉게 물들였을 때

내 생애 가장 큰 부끄러운 되어버리고
고개조차 들 수 없게 되어버린 길
1977년. 지금은 사라진 이층 그레이하운드
버스를 타고 난생처음 갔던 학다리.
내 가슴에 거대한 노둣돌로 일평생 앉아 있을
죄스럼을 받기 위해 그곳에 갔던 것은 아니었다.

*K 선생은 내가 처음으로 만난 시인이었다. 그를 찾아 당시 1박 2일 걸리는 대구 함평길을 갔다.

단풍나무가 울다
— 강남옥에게

잘린 나무
밑동에서 버섯들이 올라왔다.
흰 치마 입고
쥐똥나무가 경비원들에게 희롱받는 동안

나무 의자는 바람 나서
날마다 곁눈질하는
송도 컨벤시아 유리창과 눈 맞추고
소금기 묻어나는 해풍은
비릿한 육지 달거리 냄새 풍겼다.

산 떠나 조경원에서
성형수술 받을 때부터 소문 널리 퍼졌다.
잘못 입양되면 꽃 한번 피우지 못하고
희디흰 상복 입고 만다고.

한글이 절뚝거리며 걷는
필라델피아에서
마당에 심은 감나무는 열매 달지 못하고
외국어 더듬거리는 아이들은

언어의 미아보호소 헤맸다.

단풍나무라 했다.
새로 만들어진 빌딩 유리벽 앞에
몸부림치듯 여름내 몸살 앓다
여기저기 난도질당해
가지 끝까지 퍼렇게 물들었던 나무

짜디짠 매립지 개흙
이겨내지 못한 채 첫 단풍 들기 전
밑동 잘려버리고,
그 잘려진 나무 나이테를 감싸며
흰 치마 같은 말굽버섯 돋아나
성긴 눈발에 혼자 오랫동안 울고 있다.

*강남옥 : 1959년생. 시인. 미국 펠라디피아 한글학교 교장. 『토요일 한국학교』 등의 시집이 있다.

어떤 사월
— 안재찬에게 1

시인이 운다.

비는 향나무 끝에서
잠시 걸음
멈추었다 다시 내리고.

하관 마치고
홍패가 마지막 하늘 가리기 전
키 큰 시인 어깨 들썩이다
봄비에 고개 숙인다.

산은
새로 이주한 주민 받기 위해
제주에 취해
진달래 붉은 얼굴로 비틀거리고.

울음 삼킨 시인이
떨리는 손으로 치토를 위해
한 줌 흙 집어
봄산을 공중으로 들어올린다.

사월.
처음으로 문패 해 단 무덤 옆
상복 입은 사람들은
검은 찬송가로
뒷모습 숨긴 사람 배웅하고

어깨 들썩이는
시인 발끝에서 비 젖은 흙이
가슴에 새로 새긴
이름 하나 잃어버리지 않기 위해
축축한 눈물 떨어진 자리
낯선 문자 하나 끌어당긴다.

시인이 운다.

*안재찬 : 1959년생. 시인, 류시화라는 필명이 있다. 그는 충북 옥천이 고향이다. 20대에 만나 문학수업을 같이했다.

오월 하루
— 안재찬에게 2

봄 지난
산기슭 새로 생긴 낯선 비석 하나
산을 지키고
강가에 키 큰 사내가 혼자
한참이나 앉아 있다.

사내 눈길 머문 곳
왜가리인지, 두루미인지
이름 모를 새
강물에 가는 다리 담근 채
우두커니 서 있다.

새도 사내처럼
흘러가는 물에 비치는
자기 모습에서
슬픈 눈빛 들여다보고 있는
모양이다.

얼마나 짧은가. 우리 생은
한순간

반짝이는 물빛에 모든 것 흘러가고
우리는 강가 서 있는 나무가
전해주는
강물의 전설 듣는다.

언제였던가?
저 새들 서 있는 자리
노을 속에 헤엄치는 물고기들
어린 사내 다리에
하늘 지나가던 별과 달의 지문
새겨주던 때가

오월.
산은 또 푸르게
바람 속에 사내 그림자 새겨넣고
강가에 앉아 있는
사내 등짝에서 물방울무늬 햇살
반짝인다.

시인들의 아침 통화

— 이문재에게

아침에
전화가 왔다.
장홍이라고 했다.
혀가 벌써
태양을 산 위로 쫓아낼 정도로
꼬부라져 있었다.

예수가 왜 죽었는지 아냐고 물었다.
자기를 구원해줄
사람이 없었기 때문이라 했다.
너는 죄가 많으니
자기보다 이틀만 더 살다가
죽으라고 했다.
자기를 묻어주고 가야 한다고 했다.

그러겠다고 했다.
그렇게 하기 위해서는
네가 해장을 챙겨야 한다고 했다.
내가 죽기 이틀 전까지
기필코 살아 있어야 한다고 했다.

예수가 부활하기 전
새벽닭이 울어야 되듯이
너는 시라는 죄를 더 지어야
땅에서 해방된다고 했다.

그렇게 답하고
나도 이틀 동안 죄를 더 짓기 위해
이렇게 시를 쓴다.

＊이문재 : 1959년생. 시인. 김포 출생. 그는 실향민 아들이다.『혼자의 넓이』 등의 시집이 있다. 잠시 같이 살기도 했다.

붉은 섬
— 이상백에게 1

백색테러 앞세우고
눈들이 밀려오고, 굵은 주먹을 감싼
저 검은 밤. 널름거리는
혓바닥으로 부러진 다리를 바라보며
입맛을 다시고.

저 눈 속 유령처럼 떠돌아다니는
악몽들. 맥주잔 위에서
오랜 비명의 거품들 토해낼 때
너는 거기 서 있었다.
생각의 만행 걷어내고 백척간두
생이 물러서지 못하는 단어와 문장.

눈보라 치는 바람 넘어
죽은 자들 숨소리가 부러진 뼛조각에서
붉은 핏줄 터뜨리며 잠을 헤집고.
얼어붙은 시멘트 벽돌
굴욕을 넘어서기 위해서 거친 숨소리
욕조에 토하던 울부짖음.

눈은 내려, 백색의 테러들 뒤덮고.
구호가 하얗게 얼어붙은
그 거리, 그 흰 마스크 쓰고 사라지던
검은 그림자의 사내들.
그 중얼거리던 두려움을 헤치고
네가 서 있다.

검은 태양과 검은 달이 지배했던
용혈의 끝.
그 치욕의 돌계단 지나 사자탑처럼
백색테러 넘어 눈 뜰
이 반역의 세월. 붉은 동백 하나
가슴에 달고 섬 하나가
만월의 파도를 공중에 올려놓는다.

*이상백 : 1960년생. 시인. 이산하라는 필명으로 알려져 있다. 20대 때 그가 '이륭'이란 이름을 가졌을 때부터 알고 지냈다.

꽃 진 자리
— 이상백에게 2

이십칠 년 만에
밥그릇 밑에 눈물처럼
쌓여 있는 언어들
시집으로 엮는 사연 읽는데,
마당 장독대 사이
늙은 산초나무 하나 외롭게
둥치 세우고 앉아 있다.

날카롭던 가시에 향기 나는 열매
모두 내어주고
세월이 토해놓은 한숨에
울퉁불퉁 상처로 얼룩진 거친 피부
가난한 시간을 새긴
흉터 같은 내력 타고 인동초
마른 줄기들이 하늘로 갔다.

꽃대 하나 세우기 위해
부끄러운 고개 한번 제대로 들지 못한
사람들은 얼마나 많은 괴로움
빈 술잔에 담아냈을까?

마른 잎사귀조차
눈발에 묻혀 산초나무 그림자
야위어지고,
가슴에 맺혔던 검은 씨앗 같은
언어 털어내고
바람이 우는 가지 끝

빈 쭉정이와 같이
울대조차 서러운 노래를 헤치고
꽃 진 자리
날갯짓하는 멧새 얼굴이 낯익다.

장작 쌓기
— 박남준 형에게

여기는 함월涵月이다.

빽빽이 숲이 들어차 바위 하나
함부로 자리잡지 못한다.

나무가 불이 될 때까지
가부좌 튼 부처들
처마 밑 한쪽에 엉덩이 붙이고
맨살로 선정을 쌓는다.

달이 기울다
눈이라도 만나 숨 멈추면
햇살에 마른 몸은
백척간두 선 몸 일으킨다.

가을 깊어져
찾는 사람 없는 지리산 기슭
주인 빈 집

장작이

가지런히 바람에 넋이 팔려
평생 숨겼던 속살
드러내고 풍장을 기다린다.

나무가 불꽃이 될 때까지
아궁이 그리워하며
백면서생처럼 앙상한 뼈 드러낸 채
용맹정진 면벽좌선 중이다.

*박남준 : 1957년생. 시인. 지리산 아래 산다. 모악산방에 살기 이전부터 전주에서 만났던 사람이다.

어느 간이역에서
— 허수경에게 1

기차는 오지 않네.

우리는 모두 기다렸지.
독일에서
가슴앓이 병든 여자가
무덤 속에서
수십 년 발굴한 죽음과
새로 탄생할 전설 궤짝에 싣고
레일로 미끄러져 오길.

새벽에 모래바람처럼 눈썹 때리는
달빛 창문에 우는 소리.
자궁 깊숙이 얼어붙은 사랑을
사산시킨 날이 출혈을 시작하고
우리는 모두 병실 의자에 둘러앉아
기차가 도착하길 기다리네.

남강 푸른 물 깊숙이 가라앉은 이야기
낡은 카페 나무 계단에서
저녁이면 쭈그려 앉아 울고 있던 이별들

말 울음처럼 기적이
건널목에서 서성이기도 전 열차가 오기를.

철길이 긴 한숨을 거두기 전
이제는 천막 대신 만장 허공에 거네.
폐 깊숙이 자라나서 이별을
뜯어먹던 슬픔의 나병균들 번식해서
죽어서도 울지 못하는 그대
자갈길 수북이 깔린 침묵 위에 야윈 몸 눕혀
이별보다 더 큰 강물을 여네.

죽음은 기차를 타지 못했네.

* 허수경 : 1964~2018년. 시인. 진주 경상대 시절 그녀는 진주 분도극장에 자주 드나 들었다.

사십구재
— 허수경에게 2

등을 보여주고 싶지 않았지.
암세포들이
마침내 삼지창보다 더 날카로운 창으로
내 기억을 파고들어
모국어로 된 세상 빨아들일 때도
결코 드러내고 싶지 않았지.

초경이 붉은 치마폭 물들이기도 전
사내들은 수군거렸네.
남강 모래가 발가락 사이로 흐르기 전
단발로 머리카락 자르며
돌아다녔던 골목마다 능소화가 피고
내가 발굴한 토기에서는
아이들 뼈가 수북이 쌓여 있었네.

슬픔이라고 쓰고
나는 키득거린다고 붓질을 했네.
그때마다 내 손잔등에
먼지로 쌓이던 외로움이 자라나
아이에게 젖 한번 물리지 않은

젖가슴에 히타이트 소문을 퍼뜨렸네.

그 소문을 따라갈 수만 있었어도
결코 돌아가서도
안 되는 삶. 돌아가서도 잉태할 수 없는 생.
밤마다 나는 발굴되는 숱한
생애 뒤 어른거리는 잠행의 흔적을
종이 위에 옮겨 적었네.

구두에 막걸리 부어 발자국 마시듯이.
삶의 어두운 등 보여줄 수 없었네.
죽음이 베푸는 오랜 잠 나눠줄 수 없었네.

죽림야화
— 임성용에게

대숲에서
누가 운다. 조개꽃* 무덤 있던
그 자리
댓잎에 가려 보이지 않는데

바람 불 때마다
울음소리 댓잎 밟고 나와
바다로 걸어갔는지
갯가 파란 달빛 물들고,

가끔 구름 뒤에서
그 울음소리
눈물짓는 별빛 아롱거린다.

유복자 떠난 대밭
이끼 내린
이빨 빠진 사기그릇
혼자 지키고 있는 사연
묻기 위해
다시 죽순 돋는 오월

대밭에서
누가 운다. 사십 년 전
그 오월
유복자 놓고 떠난 사내가
밤마다 처마 무너진
대숲 가운데 빈집 찾아와

밤새도록
돌아오지 않는 아이 기다리다
댓잎에 내린
아침 이슬 밟고 갔는지
대숲
푸른 잎사귀마다
눈물방울
눈부시게 반짝인다.

*'조개꽃'은 임성용 시에서 차용했다.
*임성용 : 1967년생. 시인. 전태일문학상을 받았다. 전남 보성 출신이다. 생활 속에서 자신의 세계를 길어올린다.

나르는 강
— 이원규에게

지리산 살면서
배웠을 것이다. 우중에 물방울들
공기 속에서 속삭이는 소리
오토바이가
바람 가르고 성삼재 넘어갈 때
그대 살갗에 새기던 들풀 목소리들.

뻐꾸기가 숲속에 잠든 사람
가슴 쓰다듬는 동안
하늘로 날아오르는 강물 위로
모든 사월이 지나갔으며
들판에 서 있는 소나무 그림자
한결 깊어졌음을.

시루봉 바위에 팔 베고 누워서
그대 알게 되었을 것이다.
삐삐새 울고 가는 임걸령 넘을 때
우연히 발견한 산짐승
발자국에 새겨져 있던 결구들.

지난해 여울 헤집던 황어들
섬진강 물살에 떨어뜨린 무수한 비늘
소리 없이 노을 속에서 반짝이고
그 반짝이는 물살 데리고
강이 하늘로 날아오르기 위해
지느러미 같은 숱한 골짜기 안개 품고
혼자 공중 걸어가는 것을.

지리산에 살면서
그대는 들었을 것이다. 먹장구름 사이
수상한 목소리 내려와
황혼 속으로 흘러드는 강물 쓰다듬으면
산등성이 지키는
수만 개 나뭇가지 높이 치켜올려
바람에 맞춰 하늘로
날아오르는 강을 말없이 배웅하던 것을.

강을 하늘로 날아올리기 위해
온 지리산 생명들이
골짜기마다 깃들어 있는 검은 짐승들

밤마다 나독이며
수만 개 별로 하늘 한쪽 가득 채워
빛의 둥근 길 열어놓는 것을.

그대 지리산에 살면서
묵묵히 지켜보았을 것이다.
저녁마다 하늘로 나는 강물 소리가
별과 달 그리고
숱한 산들이 넘실거리는 춤사위로 되살아나,
아침마다 섬진강에서
운무로 피어올라 이 세상 모든 것이
거대한 한 사람의 팔처럼 품어
두근거리는 심장 소리 바람에 풀어놓는 것을
지리산 살며 그대 지켜보았을 것이다.

*이원규 : 1962년생. 시인, 환경운동가. 지리산에 산다. 대구와 지리산에서 만났다. 경북 문경 사람이다.

4부

건천 가는 길

건천 가는 길
— 김근태 형에게

길마저 메말라
자갈에서 먼지 나는 길

산등성이
햇살 자꾸만 목 말라오는데
들판엔
사람 그림자 하나 보이지 않고

검은 연필심에 숨겨진
부처 찾아
손목은 오늘도 종이 위를
팔만사천 리 걸어나갔다 왔다.

바다 건너 사랑은
아무리 기다려도 소식이 없고
절뚝이며 걷다
개울가 고인 물에 얼굴 비추면
까마득히 절벽
혼자 피어 있는 꽃 한 송이

대모산 여명이
서당 낡은 처마 끝에 닿으며
지난 밤 울어대던
소쩍새 울음소리 우물에 고이고

머리 흩어진 얼굴
두 손으로 펴내 이마에 쏟아내면
일평생 불렀던 노래
비틀거리는 걸음처럼 멍든 바위에
이끼처럼 푸르게 피어난다.

* 김근태 : 1949~2003년. 조각가. 2회 개인전을 열었다. 경주 건천 남애서사에서 20년을 살다 갔다.

마임
— 유진규 형에게

사십칠 년 걸렸다.
맨손에서
빈손으로 오는데

발끝으로
그 먼 길 밟고 오는 동안
무대 조명에
단련된 허벅지 핏줄
숱한 침묵의 등고선 넘었다.

어둠 속을
혼자 떠돌던 붉은 혼들이
그림자와 엉켜
마침내 향기가 연기演技를 하게
만들었다.

동해가 늙어 서해가 되는
사십칠 년 세월
침묵 속에 고여 있던 말들은
누군가 열어놓은 커다란 귓속으로

소리 없이 걸어들어가고

암전 속에서
장미꽃 붉은 핏방울 떨어져
빈 손이 풀어놓은
하얀 혼들이 수없이 떨다 흩어지고
그의 맨살에 퇴적된 유언
공중에 향불 몇 개로 피어올랐다.

맨손에서
빈손으로 오는 데 사십칠 년 걸렸다.

*유진규 : 1952년생. 마임리스트. 〈동물원 구경가자〉 등 젊은 시절 그의 대구 공연 때 임시 스태프를 했다.

사인암
— 정정미에게

생각이 깊어지면
사람이 층층바위로 굳어져
하늘을 깎아지르는가.

깎아지르다
허물어져, 소나무 뿌리 몇 개
허공에 붙잡아 매
구름을 공중에 낚아채는가.

어지러운 말소리
땅에 섞기 싫어 발목 걷어올리고
생각을 물살로 씻다가

한 자 글씨
종이에 새겨놓고
이렇게 벼루 그대 눈물로 헹군다.

그리움 깊으면
벼랑 끝에 꽃으로 못 필까

한 송이 구절초 꽃잎에 매달린
달조차 소리 없다.

*정정미 : 1966년생. 시인. 단양 챌린지탐험학교 운영, 문화기획과 여러 가지 사회운동을 했다.

페루에서 온 볼펜
— 김유수에게 1

철들기 전 우리는 모두
그곳에 가서 죽겠다고 했지.

독수리 날개가
태양을 하늘로 날아오르게 하는 곳
사람의 심장에서
영혼을 꺼내 진실 물어보던 곳

아직도 마추픽추
수로에는 내가 외쳤던 주문이
돌로 만든 물길 따라
낮은 목소리로 노래하며 울먹이고.

가난한 인디언들이
저녁이면 옥수수와 감자로 식구들
둥글게 불러 모아,
말 타고 온 침략자 용서하며
신들의 목소리
진흙 피리로 담아 세상에 퍼뜨리는 곳

그 이야기 땅에 새겨넣으라고
검은 잉크 가득 채운
볼펜이 상자에 싸여 내 책상에 앉아 있네.

백과사전과 아스텍 문자로 쓰여진
둥근 태양의 노래를
더듬거리듯 내가 머리를 눕혀야 할
땅 위의 글씨들
그 공중 들판의 곡식들이
타자기 잘못된 문장 고치기 위해
대장간 모루처럼 앉아 나를 보네.
페루에서 나를 꾸짖기 위해 온 볼펜이
침묵의 오선지처럼 앉아 있네.

*김유수 : 1962년생. 출판가. 그가 고등학교 시절 만났다. 나는 그에게 오래 된 빚이 있다.

독락당 세심정

— 김유수에게 2

여기서
그가 얼마나 세상을 씻겠다고
마음 치대었는지,
바위는 검다 못해 하얗게
멍들어
숱한 생각이 나무를 타고
하늘로 올라갔다.

세 그루
등 굽은 향나무로 노을 묶고
낮달 구름 앞에 불러내
긴 한숨
안강 들에 눕혀놓은 자계천

만인이 쓴 상소는 먹물이 말랐는데
독락당 처마에 뜬 별이
흐르는 물에 발목 묻은 사내
발걸음 놓지 않는다.

경주 3

— 김종년에게

양남까지
햇볕은 따뜻하였던가?

황룡이 도포자락 묻고 죽었다는
바닷가
낮은 산죽 아래
그대 혼자 해금을 뜯는 소리

바다는 종일
우리가 이별하였던 날
기억한다고
흰 포말 헤아리고,

그 목소리 취해
그대와 나는 또 헤어지기 위해
모래밭에 발자국 남겼네.

그때 바람이
우리 머리칼 쓸어올리며
울었던가?

내 어깨 짚고 가던 달빛이
푸른 소나무 사이로
말발굽 소리 내며 뛰어갔던가?

양남 따뜻한 햇볕에
늙은 우리 사랑 이별 속을 떠돌며
수평선 아래 흰 새 날리던
그때.

나는 처용을 피해
달빛 밟는 역신처럼 낯선 방앞에
신발 벗어놓고
돌탑 딛고 구름 위를 걷고,

푸른 문풍지 어깨 들썩이던
밤은 밀물처럼
차오르던 슬픔에 고개 숙였던가?

＊김종년 : 1963년생. 출판편집인. 경북 경주에 산다. 그는 내가 창설 멤버였던 검바우문학회 후배이다.

얼어붙은 여름

— 서분숙에게

여름이 되어도
얼음은 쉽사리 물러가지 않았다.

엄마가 좌판을 펴면
얼어붙은 생선 비늘에서
하얀 비명 같은 안개 피어오르고.
그 소리 듣지 않으려고
엄마는 무쇠로 만든 칼로 도마에
힘껏 자신을 내리쳤다.

사람들은 죽음조차 배 가르고
소금을 쳐야
비로소 그 생애를 가져갔다.
엄마의 손잔등에는
수없이 많은 죽음이 남긴
하얀 발자국들 쌓여 있었다.

저녁에 아무리
철 수세미로 씻어도 냄새는
지워지지 않았다.

어둠과 함께 숟가락 뒤적이면
밥알에서도 비릿한
비명소리가 들렸다. 추억 가득
눈송이처럼 날리던 가난들.

질퍽이는 시장 바닥에는
죽은 바다의 묘비명들, 비늘 털며
어머니 살 속 깊이 배어들어
질퍽이는 시장 진창을
연밭으로 만들었다.

그 연꽃이 필 때마다 얼음처럼
반짝이던 물고기들
하늘로 날아올라 구름을 만들고.
시장 바닥을 언제나
그렇게 하늘로 날아오르는 사람들
난파 당하지 않으려는
쇄빙선처럼 얼어붙은 바다 헤쳐나갔다.

*서분순 : 1967~2020년. 르포작가. 비정규 교육가와 대구 10월항쟁 기록작업 등을 했다.

붉은 노잣돈

— 유영용에게

그게 지상에서
마지막 노잣돈이었다.

그 노잣돈을 구하기 위해
리모델링하는 집 거실
붉은 기둥에 매달려,
삼 일 동안 그라인딩을 했다.

사포질을 할 때마다 프레스에 잘려
달아난 손가락이 자꾸만
흔들리는 것 같다고 이야기하며,
도심에 두고 온 베트남 아내와
신장병 걸려
투석하는 동생을 걱정했다.

삼 일 일당 쥐고 다녀온 대구
무슨 일인지 말 사라지고,
다음 날 아침
농약을 먹고, 버티어온 생을 모두
입으로 하얗게 토해내고 말았다.

그가 죽던 날처럼 마당에
흰 국화가 활짝 피어
그가 없는 빈 마을을 지키고,
거실에 서 있는
붉은 기둥에 어른거리는
그의 그림자가 오늘 문득 내게 물었다

형은 어디서 노잣돈을 구해놓을 거야?
문득 노잣돈 없어
떠나지 못하는 이곳 생이 슬프다.

*유영용 : 1964~2007년. 충북 옥천 사람. 대구 노런 1, 2기 회장. 말년에 고향에 귀농하기 위해 노력하다 운명을 달리했다.

영도다리 학교
— 황경민에게

비틀비틀
영도다리가 올라간다.

여든 살 넘어
한글을 익히는 '리'와 '니'가
같이 늙은 어머니가
땀 뻘뻘 흘리며
코로나로 월세도 못 내고
가게 문 닫은 아들
가르쳐주는 글을 배우며
자꾸만 까먹는 자신이
얄미워 배운 글씨도 모른다고
어깃장을 놓는다.

삐뚤삐뚤 간신이 배운 글씨도
허리가 굽었는지
혀 꼬부라진 모양으로 문지방 넘고
오늘 저녁 술 취해 돌아올
어린 선생을 위해 그릇 연습장
평생 끓여온 해장국을 써내려간다.

글씨는 몰라도 네놈 좋아하는
속풀이국은
내가 세상에서 가장 잘 아는 선생이다.

*황경민 : 시인. 부산에서 '헤세티지'라는 공간을 운영했다. 사람들은 독립시인이라 부른다. 『통화 중일 때가 좋았다』 등이 있다.

자귀나무가 피다

— 이승희에게

꽃들도
당신 생각했는지.
머리가
하얗게 세고, 허리 굽은 채
붉은 치마를 뒤집어썼네요.

자귀나무 피면
푸른 산골짜기 슬픔 딛고
힘겹게 날아가는
검은 실잠자리 날개
당신이 써놓았던 편지를
읽습니다.

소나무 아래
당신이 일구었던 감자밭
속 깊이 익던 설움도
자주색 옷고름 풀어 헤치고.
어둠 속에 잊지 않고
깜박이던 반딧불 닮은 그리움도
이제는 허물 벗고

긴 울음 위해
날개 비벼야 하겠지요.

자귀꽃 피면
올려다보라 하셨지요.
물 먹은 구름으로
온 하늘 덮으며 되돌아보겠다고
장맛비 끝난 마당가
꽃대 하나 없는
몸으로 우두커니 서서
내 가슴에 새겨져 있는
전각 같은 보고픔 꾹꾹 눌러
공중에 새겨놓겠다고.

*이승희 : 1956~2001년. 번역작가. 충남 홍성 출생. 양평 문호리에 살다 운명을 달리했다. 승희는 그녀의 필명이었다.

화면火面

— 류경무에게

그 화석은
숲속에서 발견되었다.
버섯 따러 산을 올랐던 사람들
수풀을 헤치자
불쑥 얼굴 내밀었다.

이끼와 낙엽을 뒤집어쓴 채
어깨 한쪽은
오랜 세월 햇살과 바람에 시달려
허물어진 채 반짝거리고.
사람의 손길
그 살갗 쓰다듬을 때마다
오랜 잠에서
깨어난 짐승처럼 소리를 냈다.

가마 불길들이 굳어져 지르는
비명 같은 소리.
땅속에 숨어 있던 도공의 한숨이
끓어오르는 진흙에
터뜨리는 탄식과 울부짖음.

그것이 굳어져
세월과 달빛에 풍화된 표정이
산 타고 가는 바람에
개울물 위로 반짝거리며 흘러갔다.

그 화석을 방안에 두자
밤이면 낯선 사람 목소리 두리번거리고
창문 밖 나뭇가지가
공중으로 손 뻗어 달빛에 창백해진
사내 얼굴을 쓰다듬었다.

서쪽으로 기우는 달이
발뒤꿈치 들고 살금살금 움직이던 밤.
가마에서 얼굴이 주저앉았던
그 화석 주름살에서
오랜 세월 땅속에서 피정을 한
수도사 숨소리가 들렸다.

*류경무 : 1966년생. 시인. 『양이나 말처럼』 시집이 있다. 경북 김천에 산다. 그의 페이스북에서 이 시가 왔다.

캐비닛 안에서

— 신용숙에게

그때 어렸어요.
겨우 열아홉 살이었지요.
폐선된 철길 아래
밤이 물에 떠 흘러내려갔지요.

사내는 자꾸 파고들었지요.
간지러워 혼이 났어요.
웃음을 터뜨리고 싶었는데
그럼 고개 숙인 가로등이 놀랄까봐
입술을 살며시 깨물었지요.

가슴에 닿은
머리는 까칠거렸어요.
소년원에서 몰래 사식 먹는 것
같다고 했어요.
나도 엄마가 숨겨놓은
과일을 훔쳐먹는 것 같았어요.

집요하게 사내는 손을 놀렸어요. 쥐들이
천장에서 밤알 굴리듯

그러다 순간 멈추었지요. 사람 발자국 소리
도서관 복도처럼 들렸거든요.

대로변이었어요. 자취방 빤히 보이는
집에 있는 동생 생각났어요.
사내가 브라자 밑에서 혀를 놀릴 때
나도 모르게 두 팔로
그의 머리를 보모처럼 감쌌지요.

살짝 벌어진 캐비닛 문틈 사이
아빠가 지나가는 것 같았어요. 죽은 사내가
가구점 거리였지요.
철제 캐비닛들이 팔려나갈 서류관처럼
줄지어 있는 푸른 다리 아래
우리는 쥐새끼들처럼 몰래 숨어
사건을 만들어냈지요.

쥐들도 밤에는 잠들 수 있는
돌아갈 집이 있는데, 열아홉 연인에게는 둘만의 방이 없었지요.

지금도 기억이 나요. 사내를 처음
온몸으로 받아들일 때 들리던 발자국 소리
깔깔거리며 달이 환하게 순찰하던
그 캐비닛 가구점 거리.

내 사랑이 무덤처럼 줄지어 서서
모든 이별 배웅하고 있던
숨어 있기 좋은, 그런 방이 있었어요.
열아홉 살 늦은 가을이었어요.

* 신용숙 : 1965년생. 소설가 충북 충주에서 포도밭과 와이너리를 한다. 『숨어 있기 좋은 방』 등 출간했다.

5부

돌의 구루

돌의 구루
— 김성구에게 1

그는 석공이었다.
정과 망치를 가지고
세상 온갖 것들을 만들었다.

돌로
부처를 만들고
성모와 아기 예수를 탄생시키고,
돌로 떡을 만들어
아이들을 먹이고 입혔으며,
돌로 빵을 구워
세상에 구수한 이야기 들려주었다.

그렇게 돌로
세상 먹여 살리는 동안
그의 손에는 돌처럼 단단하게
굳은살 박혔다.
세월이 지나면서 그 살은
부드럽게 주름져 앙상한 뼈를 드러냈다.

마침내 뼈마저 살에서

하나 둘 빠져나와 나신의 근육 주저앉혀
흐물거리게 되었을 때
그는 젊은 시절 깨달았던 이야기
돌에 새겨놓았다.

돌에는 결이 있다.
정과 망치로 두드려도 깨어지지 않고
자신을 갈라
부드럽게 세상과 뒤섞이는
잇몸같이 물컹거리는 말이 돌에 숨어 있다.

그는 석공이었다.
돌로
물을 만들고, 돌로 구름 피어나게 하고,
돌로 세월 걸어나가게 하는
돌의 주방장이었으며
돌로 말씀 전하는 구루였다.

* 김성구 : 1972년생. 중장비 기사. 충북 옥천에 산다. 석축을 쌓는 일을 삼십 년 이상 했다.

돌의사
— 김성구에게 2

사내는
팔을 뻗어 돌이 숨 쉬는
소리를 듣습니다.

브레카 진동 따라
땀 하나 맺히지 않던 돌도
그가 두드리면
다물었던 입을 열어 숨 쉬고

땅은 처음으로
돌의 맥박 뛰는 소리
돌의 신음소리
돌의 살이 터지면 흐르는 눈물
돌의 침묵을 듣습니다.

사내가 팔을 뻗어 들어보는
저 날카로운 돌 소리
돌의 실핏줄 타고 땅속에 숨었던
지난 시간이
숨죽였던 울음소리

푸른 산의 희디흰 함박꽃이 '사랑한다'
외치며 돌에 묻어놓은 소리

사내가 팔뚝으로
걷어올리는 돌이 감추어두었던
세상 모든 태고성에 놀라
하늘에 있던 해가 서쪽으로 기울어집니다.

벌레의 집

— 김현식에게

집에서 자꾸
딱정벌레들이 기어나왔다.

아침에 눈을 뜨면
창문 틈 사이 등에 별을 진 놈들이
수북이 누워 있고,
어떤 놈은 마지막 날숨을 위해
무거운 갑옷 들썩거렸다.

빗자루로 쓸고
방충망을 갈아도 바뀌지 않았다.
누구는 밤 사이 하늘에서 떨던 별들이
딱정벌레 등에 업혀
따뜻한 지붕 밑으로 피해온다 했지만

나는 아침마다
난로로 운구 되는 딱정벌레로
슬픈 별의 화형식을 치렀다.
땅 위에 산다는 것은
이렇게 무수한 죽음을 지켜보며

묵묵히 능에 새겨지는 고통을 별점으로
가슴에 새기는 일.

그것을 잊지 말라고 난로 피우는 겨울
방안에서는 자꾸
딱정벌레들 기어나와 하늘에서 밀려나와
지상에 사는 나를 두드려 깨운다.

*김현식 : 1966년생. 시인. 경북 칠곡 출신이다. 방송작가, 가구 제작 목수, 인테리어 작업자 등 여러 직업을 가졌다.

마천, 1981년

— HS에게

그때
나는 울었던가.

만 년 만에
내가 사람으로 땅 위에 와서
사랑하는 사람
막차로 집으로 보내고,
혼자 밤길 밟아
외딴 방으로 돌아오던 길.

눈 내린 들판 걷는
발자국에서는 푸른 비명소리
달빛에 반짝이고,
떠나간 그녀가 아침마다 얼음 깨고
냄비로 한 줌 쌀 씻던 강물에서는
바위에 부딪혀
피멍 든 짐승이 삼키는 울음소리.

어디선가 한 줌 바람에
잔설처럼 우수수

무너져 내리던 세상 다독이듯
별빛들 쏟아져 내리고,
그때 나는 무덤 같은 방에
혼자 누워

만 년 동안
겨울잠 빠진 곰처럼 잔뜩
등 움츠린 채
가슴에 품고 있는 사랑한다는 말
독약처럼 삼키며
어깨 들썩이는 겨울 빈 산
밤새도록 담비같이 헤매었던가.

그리움에 얼어붙은 발자국
눈 위에 새기며
얼마나 많이 그대에게 감추었던 눈물
아침마다 처마 밑
투명한 고드름으로 떨어뜨렸던가?
내가 만 년 만에
사람으로 처음으로 땅에 와서.

이별의 상량식

— 현아에게

나는 오랫동안 쌓아올렸네.
그대라는 이름으로
숱한 만남의 벽돌 등에다 지고

휘청거리는 가설 발판 걸어
어제까지 우리는
관계의 건축 공사장을
출근하며 살았네.

그 사이 몇 개 문틀 세워지고
미닫이와 여닫이창
끼워져가는 우리들 사이를
사람들은 들여다보았네.

이 오래된 현장
방음재와 단열재로 가려진
불가의스럽고 모순 가득 찬 시간
이제 하늘에 들키지 않으려고
모서리 접어 올리는 상량식을 하네.

이별의 형틀로
불륜과 타협으로 가득 찬
우리 건축 현장을 밀봉하네.
그 어느 누구도
부실과 비리로 얼룩진
내 삶의 건축일지를 읽지 못하리라.

그대와 나는
숱한 식탁에 앉아 오늘을 위해
커피를 내려 마시고,
싱싱한 과일들로 후식을 즐겼지만
이제는 만남의 대들보 눕히고
단호한 글씨로 상량문을 새길 순간
나는 이렇게 어두운 밤
그대를 위해 마지막 문자를 챙기네.

식물농장
— 김용규에게

아마 우리는
천벌을 받을 것이다.

공장에서
상추가 쏟아져 나오고
빵 위에 단백질 패드가 깔리면
주판 튕긴 손이
기계처럼 청춘을 씹어먹을 것이다.

내 친구는 미식에 대하여
섬세한 칼질과
오랜 솥달임을 수 세기 전설에 맞춰
새로운 그물망을 칠 것이다.
그럼 탐욕의 포크질 길들여진 자들
입맛 다시며
징그러운 지느러미 걸치게 될 것이다.

나는 늦게 부름을 받은 자
천재라 불리고,
불우한 생이라 위안받는 자들이

먼저 지나가고 나서
고개 들어 하늘에 물어보는 자.

산다는 것은 당신과 이야기하는 일.
나는 지렁이와 입 맞추고
온갖 풍문의 파도를 견디며 전신이
멍들어도 살아남기 위해
석탄과 죽음이 뒤섞여 옮겨가는
컨베이어 위에 앉아
분노의 컵라면에 뜨거운 물을 부었네.

하늘에서 우리는 용서받지 못할 것이다.
일찍 백기를 들지 않은
온갖 비난을 뒤집어쓰고, 나는 쓴다.
우리는 신을 기록하는 자
너의 허물을 사람에 뒤집어씌워
두 번 다시 부활하지 못하도록 못 박는 자.
흐느끼는 청춘에 무릎 꿇고
한없이 통곡하며 저주를 키우는 자.

우리는 두 번 다시
이 땅 위로 불리어 와 상추와 토마토에
봉사하고, 햇빛도 보지 못한 채
어두운 동굴에서
혼자 비정규 노동자로 살아갈 것이다.

그리고 십자가를 관에 넣고
마늘과 은정으로
스스로 심장에 저주의 주문 새길 것이다.
그렇게 천벌을 받고 다시
지하철 어두운 터널 속을 걸어갈 것이다.

* 김용규 : 1998년생. 수경재배농원 노동자. 비정규 노동자로 전국을 떠돌아 다녔다.

저녁의 기도
— 안영정에게

지금은
병꽃과 팥배나무가 하혈하는 시간
숲은 여름을
출산하기 위해 푸른 빛으로
부풀어오르고,

까마귀들은
지난 겨울 하늘에서 잃어버렸던 울음소리
싹이 났는지 확인하기 위해
땅 위를 서성거린다.

그리움에 지친
모든 것들은 하늘에서 기도 소리 내고
슬픔에 취했던 절망은
바위에 앉아 산상수훈으로 들어갔나니.

가난한 연인이
등불을 밝혀 부엌 온기를 데우기 전
나는 세월로 둥글어진
바위에 앉아 혼자 이렇게 적어놓나니.

눈 있는 자 눈 뜨고
귀 있는 자 귀 열어 고개 들고
저녁이 익어가는 풍경을 지켜보라.

지금은 병꽃과 팥배나무가
세상 낳기 위해
은은한 향기로 몸을 푸는 시간
부지런히 벌은 꽃가루 화장을 하고
바람은 송홧가루로 노래하나니.

이제는 나도 비로소
아무것도 그립지 않은 시간
혼자 노을에 울다
늙은 그림자 어둠에 묻고 있나니.

*안영정 : 1958년생. 경기도 양평이 고향이다. 그는 페이스북에서 만난 몇 안 되는 글쓰기가 생활의 즐거움인 사람이다.

회룡포에서
— M에게

너는
다시 용으로 돌아가겠다고 했다.

모래사장 위로
금빛 비늘이 노을을 품고
갈대밭 사이
지난 여름 장마가 할퀸 상처

깡깡다리 건너
나와 함께 지나온 숲에는
상처투성이
붉은 열매들 독을 품은 채
정념이 범람했던 순간
간직한 절벽 그림자 물결로 씻고.

너는 다시
허물 벗어놓은 비룡봉
휘어진 소나무 가지를 딛고
비 오는 밤
이무기들 울부짖으며 날아오르던

삼강나루 초가지붕 지나

역린을 잃어버린
계집아이로 돌아가서
삼한시대
피울음 울던 죽은 장수 여인이 되어
내 곁을 떠나겠다 했다.
학가산 위에 접어올린 내 소매가
눈발 젖어 삼강나루
하얗게 덮어 인적 끊긴 한겨울

얼어버린 강물에
땅 위에 흘렸던 모든 시간들 감추고
잠자는 구렁이 붉은 혀를 열어
내가 없는 회룡포
그 새벽을 강 위에 풀어놓겠다 했다.
용궁에 토끼 몰아오기 위해
내가 간마저 독수리에게 바치고
떠나오던 날
너는 다시 용으로 돌아가겠다고 했다.

이모 전상서

— 마종락에게

일흔 다 된 자매가
손주 결혼식 와서 사진을 찍는다

두 사람 붙잡은 손에는
지난 세월 동안
놓치지 않았던 핏줄
자꾸만 피부 밖으로 튀어나온다.

한쪽 눈 보이지 않는 언니
눈썹 너머에는
일찍 세상 버린 동기 모습 담겨지고,
구부러진 허리 펴려는
동생 어깨에는
같이 찍히지 않은 고향 사람
무게가 내려앉아 있다.

손주들 모두 떠나고
등불 환한 폐백실
힘들게 걸어온 세상살이
함께 버티고 걸어왔듯

이제 얼마 남지 않은 저승길까지도
지금처럼 같이 가자고
두 사람 꽉 잡은 손잔등 위

오래된 약속
다시 다짐하는지 주름진 살갗
굵게 튀어나온 핏줄
서로 쓰다듬으며 놓지 못하고 있다.

*마종락 : 1961년생. 전남 광양에 산다. 50년 만에 만난 이종사촌이다. 그 세월만큼 그는 생모를 찾아헤맸다.

맹산인 방한문 상향

— 방상철 형에게

삼베를 묶는다.
하관을 위해 상주들 울고 있는
얼굴 가린 죽음 옆에서
세상과 이승의 경계를 묶는다.

차가운 육신은
굳어진 얼굴 풀지 않는데
매듭 따라 슬픔은
한과 원망의 나루터 지나
저승으로 가는 뱃전 눈물로 출렁이고.

한평생 객지를 더듬은
삼베 신발 위로 연꽃이 피고
남은 자들은 기도를 위해
오랫동안 목을 숙인다. 하관을 한다.

아흔일곱 모질게 끌고온
한세상을 닫는다.
남은 자들에게
숨기고 싶은 모든 이야기 삼베로 감싼다.

국립의료원 입관실
산 하나가 삼베로 자기 생애 덮으며
이승 떠돌던 긴 그림자 감춘다.

*방상철 : 1957년생. 그는 나의 이북 형제와 사촌 간이다. 그의 부친은 평안북도에서 월남한 마지막 맹산 사람이었다.

■ 발문

집시 점성술사가 부르는 노래

문형렬/ 소설가

시간이 지나갈수록 잊어버린 장면과 풍경들은 많아지지만 시인 박기영에 대한 기억은 잊히지 않는다. 대학 중앙도서관 불이 꺼질 때 책가방을 챙겨 기숙사로 돌아오는 어느 날이었다. 기숙사 구관 101호 앞 같은 방 1,2학년 학생 셋이 떡갈나무 아래 서 있었다. 봄밤이라고는 하지만 한밤 공기는 써늘했다. 그들은 내가 오기를 기다렸다는 듯 '간첩 같은 남자'가 날 찾아와 방에 들어서는 바람에 무서워서 밖에 나왔다고 했다. 방 안으로 들어가니 저녁해처럼 불콰한 턱수염 사내가 온돌방에 두 팔을 벌리고 누운 채 콧노래를 부르며 잠들어 있었다. 박기영이었다. 기숙사 구관 101호는 신관과 달리 온돌방이었고 그 전해 거주했던 공대생이 비닐장판 아래 코일을 깔아두어서 장작 때는 구들처럼 따뜻했다.

나는 잠든 박기영의 얼굴을 내려다보며 그의 시, 「사수射手의 잠」(1982년 매일신문 신춘문예 시 당선작)을 떠올리지 않을 수가 없었다. 그 모습을 봤다면 누구라도 그랬을 것이다.

그날, 어둠 쌓인 슬픔 속에서
내가 버린 화살들이
어떤 자세로 풀밭 위에 누워 있는지 모르더라도
나는 기억해내고 싶다. 빗방울이
모래 위에 짓는 둥근 집 속으로 생각이 젖어들어가면
말라빠진 몸보다 먼저 마음 아파오고,
머리 풀고 나무 위에 잠이 든 새들이 자신의 마당에 덜어진
별들의 그림자를 지우기도 전에
하늘에 떠 있는 별들은 어떻게 스스로의 이름을 가슴에 새겨둘 수 있는지.
추억의 손톱자국들 무성하게 자란 들판 너머로
노랗게 세월의 잎사귀 물들어가는 것을 보고 있으면
나는 벽에 기대어서도
하늘 나는 새 숨쉬는 소리 들을 수 있고,
숲에 닿지 않아도 숨겨진 짐승의 발자국을 읽을 수 있을 것이다.
접혔던 전생의 달력을 펴고
이마에 자라난 유적遺跡의 잔가지를 헤치고 들어가면
태양계 밖으로 긴 꼬리를 끌고 달아나던 혜성이, 내가
땅 위에 꽂아둔 화살의 깃털을 잡기도 전에
진로를 바꾸어 해보다 더 큰 빛을 발하며 내 품안으로

되돌아오는 것도
나는 이제 볼 수 있을 것이다.
사람들이 말하는 땀 젖은 윗도리를 벗고 가만히
어둠과 함께 별자리에 떠 있으면
나는 또 그 모든 것을
등 뒤에 새겨둘 수 있을 것 같다.
태양의 곁에 누워서 자전의 바퀴 굴리지 않더라도
걱정에 싸인 별들이
저녁이면 다시 하늘 위로 솟아오르는 까닭을.
역마살이 낀 내 잠의 둘레에
어떤 별들이 밤이면 궤도를 그리며 떠돌고 있는 것인지.

그날이 바로 40년 전 어느 봄날이었다. 아직 잠든 그의 모습이 생생하다. 역마살이 끼인 그가 잠시 온돌방에 누워 어딘가 좁은 지구를 벗어나 우주를 유영하고 있을 것 같아 그를 깨우지 않았다. 새벽이면 겸연쩍게 웃으며 일어날 테니까. 창 밖. 떡갈나무 잎들이 그의 모습을 물끄러미 들여다보았을 뿐이다. 그의 등단작은 놀라울 정도로 신화적 감각과 드높은 상상력이 빚어낸 작품이었다. 그러나 1980년대는 두 가지 가치, 신군부의 폭력적 가치에 동조하는 국수주의적 상상력과 그에 반대하는 민주적 항의 가치만이 문학에서 용인되던 불행한 시절이었다. 거의 누구도 '사수의 잠'에서 드러나는 탁월한 신화적 상상력을 알아보지 못했을 것이리라.

서산으로 가는 해의 크기나 중천에 떠 있는 보름달의 크기가 땅에서 보면 똑같다. 해는 달보다 직경이 사백 배 크지만 똑같아 보이는 까닭은 지구에서 해는 달보다 사백 배나 멀리 떨어져 있기 때문이다. 그는 늘 고향이 없는 망명객처럼 오래 떠돌았고, 그의 정신이 어디를 유영하든 현실에 발을 딛고 있는 그의 시적 상상력을 알아보지 못했다. 이편과 저편만 있고 멀고 가까운 원경의 구별이 없었던 눈먼시대, 눈에 보이는 크기가 다였던 시대였다.

같은 방 학생들은 그가 머물 동안 다른 방으로 망명을 갔고, 그는 태연하게 기숙사생인 것처럼 기숙사 식당에서 밥도 먹고 내 이름을 달고 매점에서 외상 소주도 마시다 훌쩍 떠났다. 그의 이런 구도자적 만행은 그 후에도 계속되었다. 내가 방송국에 근무할 무렵, 그는 거의 석 달을 방송국 숙직실에서 자고 지하식당에서 태연하게 아침밥을 먹곤 했다. 경비원조차 그가 직원인 줄 알았다. 문득 나타났다가 한참 사라졌고 갑자기 그는 나타나곤 했다. 누구나 그렇겠지만 그보다 몇 년 앞선 봉산문학 청년들과 그와의 관계는 기피, 포기 융화의 과정을 거쳤다. 그는 취하면 주정을 부릴 때가 많았고 대책없이 술판을 뒤엎는 때도 잦았다.

그런데 우리가 그를 결정적으로 더 이상 기피할 수 없는 일이 일어났다. 매섭게 추운 겨울날, 우리는 칠성시장 부근 지하 노래방에서 신나게 놀고 있었다. 그 노래방은 방마다 뻐꾹새, 독수리, 갈매기처럼 새 이름을 붙여놓았다. 우리는 파랑새 방에서 박기영의 시선에서 벗어났음을 안도하며 신나게 마시고 노래를 부르곤 했다. 지금 노래방에는 없지만 그때 노래방에는 송창식의 〈밤눈〉이라는 노래가 입력되어 있었다. 내가 신나게 〈밤눈〉을 부르고 있을 때, 문이 열리고 박기영이 그야말로 머리에 허옇게 눈을 뒤집어쓰고 밤눈처럼 '소리도 없이' 들어섰다. 그 모습은 충격과 감동이었다. 그는 별도 보이지 않는 길을 잘도 찾아오는 집시 점성술사였다. 그 시절을 그는 간이 '배 밖에 나왔던 시절'이라고 하지만 그것은 동시에 '막막함이 배 밖에 나와서 이마에 매달려 있던 시절'과 같은 표현이리라.

그무렵 문학판 청년들은 닥쳐올 앞날을 조금도 불안해하지 않았다. 문학으로 돈을 벌거나 이름을 내건다는 생각조차 할 수 없었다. 도대체 그 이유를 알 수 없지만 문학의 광대하고 막막하며 정처없는 길 속으로 마구 질주하기만 했다. 희망, 불안, 미래 이런 단어는 우리와 상관이 없었고 오직 유랑과 용기 두 단어가 그 시절을 해석해낼 수 있었다. 남이 알아주기를 바라지도 않았고 베스트셀러 작가가 되고 싶은 욕망도 별로 없었던, 그냥 온몸으로 헤매고 온몸으로 썼던 순정함만이 있었다. 그 순정함이 점차 달라지는 현실과 지쳐가는 시간 앞에서 여전히 등불을 밝혀주었고, 그 순정함과 용기로 가득찬 인물이 바로 그였다.

그 무수한 술집 가운데 어떻게 그가 찾아왔는지는 신비하기까지 한 일이었다. 아직도 알 수가 없지만 그 이후 우리는 우리끼리의 만남을 더 이상 그에게 감추지 않았다. 그렇게 '전생에 접혔던 달력'을 펴듯 그 이후 오직 40년의 시간이 화살보다 더 빠르게 가고 말았다.

'화살'이라고 쓰니 가슴이 아프다. 결국 그를 포함해 우리가 쏜 문학의 화살이 이르는 과녁은 결국 제 가슴일 수밖에 없다. 내가 기억하고 있는 그의 모습, 떡갈나무가 서 있는 기숙사 구관 101호에 붉게 잠든 얼굴이나 지금의 얼굴이 내게는 언제나 겹쳐보인다. 떡갈나무가 여전히 그곳에 서 있듯 말이다. 검은 머리카락과 턱수염이 허옇게 바뀌어갔을 뿐.

그의 이런 변하지 않는 모습은 지금까지 스스로의 망명생활을 쉼없이 이어왔기 때문이 아닌가 싶다. 변하지 않는다는 것은 처음 문학의 길을 들어선 그 유랑의 순간들이 여전히 그에게는 이정표가 되어 있다는 의미이다. 그 뜻은 그의 얼굴과 눈빛, 그의 목소리에서 예나 지금이나 급하고 때로는 빠른 물살처럼 어딘가에 부딪히듯 한순간 막혔다가 터져나오곤 한다. 문득 나타났다가 오래 사라지고 불현듯 겸연쩍게 등장하듯. 어느 순간 그는 캐나다 밴쿠버로 떠나 몇 년을 보이지 않다가 다시 나타나 소설을 썼다며 내게 들이밀기도 했다. 그의 소설 「빅 버드」를 읽어보니 등단작 「사수의 잠」에 있는 신화적 상상력과 인생살이에 대한 우화적 접근이 빼어난 작품이었다. 다시 한국으로 돌아온 어느 날, 그는 그의 아버지처럼 옻에 빠져 옥천 산기슭에 자리를 잡았다는 소식을 얼핏 전하곤 했다.

그는 아주 짧은 창과 단검을 가지고 있다. 긴 창과 긴 칼이 싸움에 유리할지 모르지만 길이가 짧은 무기는 위험을 무릅쓰고 대상에 접근해야 하고 깊게 찔러야 한다. 생이 위험해지도록 유황 불길에 접근하기 위해 그는 유전적으로 유랑할 수 없는 순명을 그대로 받아들였다. 시간의 본질은 멈추지 않는 데 있고, 영원도 순간의 집적에 다름이 아니라고 한다면 그의 시편들, 이제 나오기 시작하는 소설들은 집시처럼 유랑을 멈추지 않고 길을 가는 이가 만나는 세계와 인식의 다리를 놓는 일이다. 그것은 또한 소설가 최명희의 표현처럼 "문장으로 작은 세계를 이루는 일"이다.

이번 시집 『길 위의 초상화』에는 그가 걸어왔던 문학적 행로가 어떤 길인지를 짐작하게 한다. 그의 시는 유랑과 망명, 디아스포라의 길을 스치며 만난 이들의 이름을 하나씩 불러낸다. 그의 시 어느 편을 보더라도 외침 같고 탄식 같은 작별의 정서가 새겨져 있다. 어디 이 시집에 등장하는 사람들뿐이겠는가? 그는 "그곳에서 만난 사람들은 모두 스승이자, 도반이었고, 만행자였다"고 하듯 시 하나하나마다 유랑의 길을 만들어 내보인다. '하늘다리' '배시내 풍경' '늑대는 엉덩이에 산다' '건천 가는 길' '돌의 구루' 5부로 구성된 이번 시집에 들어 있는 이름들은 살아 있는 사람도 있고 지금 세상에 없는 이름도 있다. 내가 아는 이름도 있고 모르는 이름도 있듯이. 그게 무슨 상관이랴 싶다.

「청량시편」은 외청량사에서 살다 인근 암자에서 속세를 떠난 '적음'에게 말을 건너면서 시작한다. 그 첫 연은 이번 시집의 전부를 의미하고 밝히는 등대처럼 보인다.

여기서
그대 있는 곳까지
다리 놓기에는 너무 멀다

—「청량시편 1」 적음에게

어둠에 묻히는 사리탑
서글퍼져도
어쩌겠나 이승과 저승을 잇는
내 음성도 온 산 뒤덮은 찬바람에 지쳐
하늘 다리 밖으로 걷지 못하겠네.

—「청량시편 3」 적음에게

이승과 저승까지 말을 잇고 싶어하는 박기영의 시를 읽어나가다보면 그가 만났던 사람들과 그들 앞에 서 있는 시인의 모습이 동시에 보인다. 그가 드러내는 인물들은 그와 같이 길 위에 있다.

그때도 올해 포도밭 지나가던 바람 생각 나시거든
내 가슴에 차올랐던 말 못한 사랑
달디단 향기로 피워올린 이야기 읽어주십시오
지금 홀로 눈 내리는 과수원에 모든 것
떠나보내고 도깨비처럼 떠돌고 있는 내 마음을.

—「포도밭 편지」 신휘에게 6

삼촌 사업 보증으로
사거리 주유소 남에게 넘긴 뒤
대낮에도 파란 불꽃 토하던 부뚜막
석쇠 불고기집으로 변하고
객지를 떠도는 동안
배시내 집들 간판을 모두 바꿨다.

—「아버지의 불꽃」 김성훈에게 1

국숫발 같은 목숨
가느다란 젓가락에 걸어 하루해
목젖 깊이 넘긴다.

—「물목」 이병우에게

박기영이 노래하는 또다른 이름들은 '3부 늑대는 엉덩이에 산다'에 실려 있다. 그것들은 함께 문학했던 이들에 대한 노래들이다. 그 노래들은 꺽꺽하고 힘들고 서리가 내린 유리창 같다. 닦으면 닦을수록 더 뿌옇게 흐려진다.

이동순, 강남옥, 안재찬, 이문재, 이상백, 박남준, 허수경, 이원규, 임성용…. 그가 밝히는 풍경은 고단하고 기다림은 너무 멀어 보인다. 그도 시처럼 멀리 서 있다.

짜디짠 매립지 개흙
이겨내지 못한 채 첫 단풍 들기 전
밑동 잘려버리고

그 잘려진 나무 나이테를 감싸며
흰 치마 같은 말굽버섯 돋아나
성긴 눈발에 혼자 오랫동안 울고 있다.

—「단풍나무가 울다」 강남옥에게

빈 쭉정이와 같이
울대조차 서러운 노래를 헤치고
꽃 진 자리
날갯짓하는 멧새 얼굴이 낯익다.

—「꽃 진 자리」 이상백에게 2

철길이 긴 한숨을 거두기 전
이제는 천막 대신 만장 허공에 거네.
폐 깊숙이 자라나서 이별을
뜯어먹던 슬픔의 나병균들 번식해서
죽어서도 울지 못하는 그대
자갈길 수북이 깔린 침묵 위에 야윈 몸을 눕혀
이별보다 더 큰 강물을 여네.

—「어느 간이역에서」 허수경에게 1

어느 길이든 길에서 만나는 수많은 얼굴은 또한 길에서 멀어지고 헤어진다. 그가 이름을 부르는 기억의 순간이 지층처럼 중첩되어 어느 날, 그의 시로 나타난다. 그의 행로에서 만난 도반이며 스승들은 여기 실린 이름들보다 훨씬 더 많을 것이다. 누군가를 시로 노래하는 일은 쉽지 않은 작업인데 그는 옥천 누옥에 사람들을 불러 잊었던 옛 음식판을 벌이듯 한 사람씩 조형해낸다.

그를 기억하는 40년 동안 그는 자신을 지키기 위해서 그리고 동시에 자신을 버리기 위해서 얼마나 먼 길을 걸어가고 있을까. 종착지도 없고, 돌아갈 고향도 없는 길에 그가 만난 사람들도 그와 같을까.

> 검은 연필심에 숨겨진
> 부처 찾아
> 손목은 오늘도 종이 위를
> 팔만사천 리 걸어나갔다 왔다.
>
> —「건천 가는 길」 김근태 형에게

> 국립의료원 입관실
> 산 하나가 삼베로 자기 생애 덮으며
> 이승 떠돌던 긴 그림자 감춘다.
>
> —「맹산인 방한문 상향」 방상철 형에게

지난해 우연히 나는 박기영 시집 출간을 주선하는 바람에 발문까지 떠안게 되었다. 나그네는 꿈속에서도 쉬지 않는다. 그는 시에서 소설, 판소리, 다큐멘터리까지 그 영역을 가리지 않고 있다. 그가 산짐승처럼 목에서 꺽꺽 울려내는 하고 싶었던 많은 말들은 시에서, 소설에서 하나의 세계를 이루어나가기를 바란다. 기억의 절반은 음식인 것처럼 지금 그는 우리에게 사라졌던 된장의 고유한 맛을 구성해 내겠다는 열정에 차 있다. 우리가 잃어버렸던 옛 맛이 돌아오면 우리를 떠났던 나머지 절반의 기억들도 돌아올 수 있는지 그냥 기다려본다.

현대시세계 시인선 **142**

길 위의 초상화

지은이_ 박기영
펴낸이_ 조현석
기 획_ 고영, 박후기
펴낸곳_ 북인
디자인_ 푸른영토

1판 1쇄_ 2022년 05월 11일
출판등록번호_ 313 - 2004 - 000111
주소_ 121 - 842 서울 마포구 서교동 460 - 34, 501호
전화_ 02 - 323 - 7767
팩스_ 02 - 323 - 7845

ISBN 979-11-6512-142-6 03810

책값은 뒤표지에 있습니다.
저자와 협의 아래 인지를 생략합니다.